Le Record de Philibert Dupont

Raymond Plante

Le Record de Philibert Dupont

roman

Boréal

Maquette de la couverture : *Rémy Simard*
Illustrations : *Stéphane Poulin*

© **Les Éditions du Boréal**
Dépôt légal : 1ᵉʳ trimestre 1991
Bibliothèque nationale du Québec

Diffusion au Canada : Dimedia

À Pierre-Jean Cuillerrier
pour toutes les images
et les histoires qu'il a fait
vivre à partir de mes mots.

L'histoire de Philibert Dupont est à peine croyable. Cela arrive souvent. Dans les livres, au cinéma, dans la vie, il y a plein d'histoires absolument in-croyables. Alors, je ne me gênerai pas pour vous laisser lire celle-ci : l'histoire du record de Philibert Dupont. Bien sûr, les personnages que vous allez ren-contrer au fil de ces pages n'ont jamais réellement existé. Mais ils ressemblent à un tas de gens que je connais, que vous connaissez certainement, que d'autres connaissent peut-être... alors, pourquoi ne pas s'amuser un peu à leurs dépens ? De toute façon, ce n'est pas vraiment moi qui vais vous raconter cette aventure. D'ailleurs, sans plus at-tendre, je cède la machine à écrire à Julie, qui est la nièce de l'impossible Philibert Dupont.

Raymond PLANTE

Numéro 1

Comment Philibert Dupont, mon oncle, s'est retrouvé au bout d'un poteau pour avoir son nom dans le célèbre Livre des records.

Vous auriez dû nous voir. C'était le soir du 25 juin, un des premiers jours des grandes vacances. Le nez levé vers le ciel, je n'avais pas l'intention de jouer à l'astronome amateur. Non, je n'étais pas sortie dans la cour pour chercher les étoiles filantes ou pour admirer les aurores boréales. Ce soir-là, les étoiles ne filaient pas du tout. Elles étaient là, piquées dans le ciel noir, à attendre n'importe quoi ou peut-être seulement un petit vent frais parce qu'il faisait chaud à en crever. Moi, je me perdais dans le grand t-shirt gris de mon oncle. Je dis *grand,* c'est une façon de parler. Quand c'est Philibert qui le porte, ce chandail-là a l'air minuscule. Mon oncle est non seulement costaud mais, depuis quelques années, il commence à faire du ventre et devient tout simplement énorme. Et, comme tous les vieux de trente-cinq ans, il raconte souvent n'importe quoi. Il peut dire des choses comme :

— Mon ventre ? Tu sauras, Julie, que c'est la marque d'un grand sportif !

Voilà ! Mon oncle Philibert se prend pour un grand sportif. Quelle que soit la saison, il passe le plus clair de son temps devant la télévision à applaudir ou à rechigner sur le sort de ses équipes favorites. L'été, c'est le baseball avec ses Expos. L'hiver, ce sont ses Canadiens du hockey qui lui font souvent avaler ses biscuits soda de travers. Il faut vous dire que, confortablement assis devant son appareil, mon oncle Philibert ne se gêne jamais pour critiquer les joueurs des Canadiens d'aujourd'hui, qui, selon lui, ne patinent pas aussi vite que ceux d'autrefois.

— Ils n'ont plus de cœur au ventre, déclare-t-il solennellement. C'était pas pareil à l'époque de Maurice Richard, de son frère Henri, de Jean Béliveau, de Boum-Boum Geoffrion et de Jacques Plante, le premier gardien de but masqué.

« Avoir du cœur au ventre », c'est une de ses expressions préférées. Et justement, en parlant de ventre, mon oncle joue à l'expert en grignotant une incroyable quantité de biscuits soda tartinés de fromage à la crème et en buvant des petites bières froides. Moi, je pense que si vous passez vos temps libres devant la télévision, il faut vous attendre à voir votre nombril disparaître peu à peu et devenir une espèce de trou profond au milieu de votre ventre gonflé.

De toute façon, je suis certaine que les joueurs des Expos de Montréal ne sont pas toujours fiers de voir des individus bedonnants faire craquer les t-shirts sur le devant desquels il est écrit : *Propriété des Expos de Montréal*. Bon... et moi, ce chandail-là me descendait plus bas que les fesses. Je nageais dedans. Tout ça parce que je n'ai jamais voulu porter de jaquette à fleurs et que, ce soir-là, je n'étais quand même pas pour me promener toute nue dans la cour.

— Philibert !

J'essayais de chuchoter assez fort pour que mon oncle m'entende.

— Philibert !

Ce n'était pas facile. L'été, comme ça, les gens dorment les fenêtres ouvertes. Essayez donc de chuchoter juste assez fort pour ne réveiller qu'une seule personne et sans que le reste du voisinage se mette à grogner.

— Philibert ! Mon oncle !

— Quoi ?

— As-tu besoin de quelque chose ?

— Non, je ne pense pas.

Pauvre lui ! Il bafouillait... Depuis midi, heure à laquelle il avait pris place au sommet de son poteau, il avait la voix tremblotante. Il ne semblait plus du tout certain de ce qu'il racontait.

— En es-tu sûr, là ?

— Sûr de quoi ?

— Voyons, Philibert ! D'avoir besoin de rien !

— Oui, oui... je pense... je pense que je suis correct.

Si j'avais retenu mon souffle, j'aurais pu entendre ses dents claquer. Mon oncle s'apprêtait à passer sa première nuit tout fin seul au bout de son poteau. Et c'était un peu à cause de moi qu'il vivait la plus grande peur de son existence.

— C'est important, là, Philibert. Moi, je vais me coucher. On ne se reverra pas avant demain matin.

Il osa enfin se montrer la fraise. La grosse lune l'éclairait juste assez pour que me je rende compte que le sourire qu'il tentait de m'adresser ressemblait plutôt à une grimace. C'était plus fort que lui, le vertige était en train de le manger tout rond dans sa petite cabane. Il ne m'a même pas conseillé de faire attention à son t-shirt et m'a fait le pire clin d'œil de sa vie. On aurait dit qu'il voulait prendre ma photo pour l'emporter quelque part au paradis de ceux qui ne verront jamais leur nom dans *Le Livre des records.*

— Ne t'inquiète pas, Julie. Dors sur tes deux oreilles.

Il avait le sourire aussi crispé qu'un grain de céréale.

— Toi aussi, Philibert. À demain !

Je n'avais pas aussitôt refermé la porte de la cuisine que je l'ai vu, à travers la moustiquaire, se dépêcher de rentrer sa tête. Recroquevillé à l'intérieur de sa cabane, on aurait pu le prendre pour une grosse tortue. Une tortue en équilibre au bout d'un poteau et qui n'osait surtout pas se débattre. Une tortue qui avait peur de tomber.

De toute sa vie, Philibert n'avait jamais escaladé les trois premières marches d'un escabeau sans se mettre à bégayer, à sentir son cœur prendre l'épouvante, à avoir les jambes en guenille et les genoux tout croches. Chez lui, le simple fait de changer l'ampoule du plafonnier s'était toujours transformé en cauchemar. Non, Philibert Dupont n'avait pas l'âme d'un alpiniste et aucun lien de parenté avec Gilles Loiseau, le célèbre pilote d'avion du voisinage. Mais comment un homme qui souffre de vertige avait-il pu se retrouver dans une petite cabane perchée au bout d'un poteau ? Je vais vous le dire.

*   *   *

Au fond, toute cette aventure avait vraiment commencé trois jours plus tôt. Autrement dit, le mercredi 22 juin, au moment même où nous fêtions le premier vrai jour de l'été ou, si vous préférez, le dernier jour d'école. Nous, c'étaient une dizaine de copains et

copines mais surtout Charles et
Claudine. Claudine, ma presque ju-
melle, la fille la plus folle que je con-
naisse et celle qui rit aussi le plus fort.
Charles, lui, est certainement un futur
chef. Pas un chef d'orchestre, mais un
roi de la cuisine. Il suit les traces de son
père, qui tient un restaurant, « un
restaurant français, s'il vous plaît », à
trois rues d'ici. Voilà, je ne vous en dirai
pas plus long sur Charles et Claudine.
Vous finirez bien par les connaître.

Comme moi, ils ont aussi vécu l'aventure de mon oncle Philibert.

Bon. Ce mercredi-là, nous avions donc poussé les meubles et roulé le tapis du salon. Nous dansions sur les musiques de Michael Freakson et Boy John et même sur celles des vieux Beatles que Philibert voulait absolument nous faire aimer. Les Beatles, c'est pas mal, je l'avoue. Comme Elvis Presley, d'ailleurs. Mais ce n'est plus vraiment à la mode.

À un moment donné, Marius, mon épagneul et probablement le chien le plus paresseux de la planète, a demandé la porte. Il a beau sommeiller vingt heures par jour, Marius reste quand même un chien civilisé. Au lieu de se tourner les pouces, Philibert s'est proposé pour promener mon chien. Mon oncle ne pouvait pas savoir que son destin l'attendait au pied du poteau favori de Marius. Le destin, quand il frappe, prend parfois un air bien ordinaire. Et, cet après-midi-là, la corde à linge de Nadine Brisson s'était décrochée de son poteau, ce qui n'a rien de particulièrement excitant. Mais il faut savoir que mon oncle a toujours été prêt à rendre service. Et ce n'est pas tout. Depuis qu'il habitait avec ma mère et moi, chaque fois que Philibert avait croisé Nadine Brisson, son pauvre cœur s'était mis à battre très vite. Alors mon oncle devenait même plus rouge qu'une tomate vraiment mûre. Vous comprendrez qu'en voyant notre voisine grimper elle-même dans le poteau, Philibert n'a pas réfléchi plus loin que son nez. Il s'est précipité en criant :

— Un instant, mademoiselle. Surveillez Marius pendant que je monte...

Trop paresseux, mon gros épagneul n'a même pas grogné pour signifier qu'il n'avait pas l'habitude de prendre la poudre d'escampette.

— Vous allez voir, a continué mon oncle, je vous répare ça en un tour de main.

Dans sa tête, il aurait aimé ajouter

d'un ton un peu polisson : « À la condition que vous me donniez un bec avant »... mais il était beaucoup trop rouge et énervé pour lancer ainsi n'importe quel bout de phrase au hasard. Tout cela s'est déroulé avec une telle rapidité que Nadine, qui a pourtant l'habitude de régler ses petits problèmes toute seule, n'a même pas eu le temps de protester. La corde entre les dents, Philibert Dupont s'élevait déjà en posant ses pantoufles trouées sur les gros clous rouillés du poteau.

Philibert aurait pu se retrouver au sommet du poteau sans même se rendre compte de l'exploit qu'il accomplissait. Mais voilà que Nadine lui a demandé si Marius était de mauvaise humeur.

— Pourquoi me demandez-vous ça ? a répondu mon oncle en poursuivant son ascension.

— Parce qu'il montre les dents.

— N'ayez pas peur, a répliqué Philibert. Marius, c'est une vieille savate ! Il montre les dents seulement quand il rit.

En disant cela, il s'est arrêté net. Je me demande s'il a entendu Nadine Brisson lui conseiller de ne pas se casser le cou. En tout cas, le temps de jeter un coup d'œil vers le sol, d'entrevoir le sourire de Nadine et les yeux moqueurs de mon tranquille épagneul, mon oncle Philibert a senti le vertige lui revenir. Il s'est cramponné au poteau. Il ne pouvait pas monter un centimètre plus haut. Et, pour son plus grand malheur, il ne pouvait pas redescendre non plus. Paralysé dans la position la plus inconfortable qui soit, il avait très chaud et tremblotait quand même comme une feuille. Il aurait donné n'importe quoi, son appareil de télévision, son chandail des Expos, son calendrier des anciens Canadiens, ses vieilles pantoufles confortables, n'importe quoi pour se trouver ailleurs, n'importe où, en Chine, au Gabon ou au Pérou, mais quelque part où il aurait eu les pieds bien ancrés dans la bonne vieille terre des vaches.

En le voyant pâlir, Nadine Brisson lui a demandé :

— Vous ne vous sentez pas bien, monsieur Dupont ?

Philibert aurait aimé lui répondre quelque chose comme : « Ne vous en faites pas ! Je me repose. » Ou, plus franchement : « J'ai peur, mademoiselle Brisson. Une peur bleue ! » Sa bouche, ordinairement si active pour critiquer les athlètes qui n'agissent pas à son goût ou les arbitres qui ont besoin de lunettes, s'ouvrait et se refermait sans émettre le moindre son. Nadine Brisson ne comprenait rien. Le langage des poissons n'est pas encore très populaire chez les humains. Par contre, Marius, lui, avait tout compris, et son envie de rire l'avait quitté. Comme tous les chiens qui sentent qu'un malheur approche, il s'est mis à hurler.

Les hurlements d'un chien, même quand il s'agit d'un épagneul de nature plutôt tranquille et rieuse, ont la fâcheuse habitude d'alarmer tout le monde. C'est comme ça que, imaginant Marius en détresse, je suis sortie à toute allure de la maison. Et j'ai tout de suite reconnu mon oncle, qui ressemblait à une grosse chenille collée au poteau. Malheureusement, mes amis et moi n'avons pas été les seuls à bondir dehors. Gilles Loiseau, notre autre voisin, a fait la même chose que nous. Il profitait de sa journée de congé pour laver l'énorme vaisselle qu'il laisse toujours accumuler. Les pilotes d'avion ont des horaires un peu farfelus. Et lui, en cette fin d'après-midi, il avait beau porter son pyjama le plus minablement rayé, il a trouvé que mon oncle Philibert avait l'air parfaitement ridicule. En se retenant avec peine pour ne pas éclater d'un énorme rire bête et méchant, il est venu jouer au chevalier volant qui sauve la vie des malheureux. Saisissant Philibert par les chevilles, il lui a donné de sa voix modulée et agaçante une série de consignes pour que mon oncle glisse le long du poteau. Ensuite, avec l'air prétentieux d'un homme qui n'a peur de rien et qui ne veut pas d'applaudissements, il a grimpé dans le poteau à son tour. Un singe n'aurait pas mieux fait. Une fois la corde de Nadine Brisson bien installée, il s'est mis à lui faire cinquante-six clins d'œil et à renifler pour finalement l'inviter à manger avec lui dans un grand restaurant, le soir même. Il avait l'air absolument ridicule. Malgré cela, et malgré son nez, son pyjama et tout, Nadine Brisson a accepté son invitation. Je suppose que c'est très difficile de refuser quelque chose à un imbécile qui a réparé votre corde à linge.

Pendant ce temps-là, mon oncle avait dû battre tous les records de vitesse pour disparaître dans la maison.

*   *   *

Il nous a fallu un certain temps avant de le retrouver. Grâce au flair de Marius, nous y sommes quand même parvenus. Caché sous son lit, mon oncle

Philibert vivait le plus mauvais moment de sa vie. Mon épagneul et moi, chacun à sa manière, nous avions beau lui demander de sortir, il ne voulait pas se montrer la tête. Nadine Brisson elle-même, avec ses cheveux bouclés et ses longs cils, aurait bien aimé le consoler mais, têtu comme une mule, Philibert Dupont n'écoutait personne.

Décidément, l'été commençait d'une manière bizarre. Mes amis étaient repartis chez eux en se demandant s'ils devaient pleurer ou rire de la situation. Et moi, j'étais là, dans la chambre de mon oncle, où tout est toujours à la traîne, les vieux bas comme les anciens magazines sportifs qu'il aime tant relire. Oui, j'étais là, à quatre pattes devant son lit sous lequel il avait déplacé passablement de moutons. J'étais là et j'avoue que la présence de Nadine Brisson m'embarrassait. Elle était venue aux nouvelles, ce qui est normal, mais j'aurais tellement aimé me trouver toute seule avec Philibert. Si j'avais eu

La jolie
Nadine
Brisson

un peu de culot, je lui aurais carrément
dit que le cœur de mon oncle partait au
galop dès qu'il la voyait. J'aurais aussi
ajouté que le bonhomme qui se cachait
sous son lit valait au moins cent cinquante Gilles Loiseau et autres pilotes
d'avion de son espèce. Mais je ne l'ai
pas fait. Je me suis dit qu'elle était
assez vieille pour savoir à quoi s'en tenir.
Nadine n'avait pas l'air d'une idiote et
elle n'était certainement pas devenue
interprète en battant des cils. Et puis
ça crevait les yeux ! Gilles Loiseau était
le type parfait du bonhomme qui pouvait

faire des pieds et des mains pour atti-
rer l'attention des femmes. Il pouvait
dire n'importe quoi : des mensonges, de
la vantardise et tout. D'ailleurs, il avait
un nez de rapace, des yeux voraces et
un visage à deux faces. Bref, j'étais déjà
loin de le trouver sympathique. Mais
j'ai choisi de me mêler de mes petites
affaires et de m'occuper de mon oncle.
J'ai laissé Nadine Brisson partir. L'espèce de patate qui s'appelle Gilles
Loiseau devait l'attendre impatiem-
ment.

Je croyais que Philibert attendait
que l'on soit seuls pour sortir. Je me
trompais. J'avais beau lui répéter qu'il
était chouette, intelligent et bon, il
faisait le mort. Ça n'avait aucun
sens ! Alors j'ai décidé de le laisser
tranquille.

— Quand tu auras mariné assez
longtemps dans ta poussière de matelas,
tu sortiras, vieux cornichon.

Voilà ce que je lui ai dit avant de
m'installer devant l'appareil de télévision.

À la meilleure chaîne, on présentait un match de baseball entre les Expos, les chouchoux de mon oncle, et les Cardinaux de Saint-Louis. J'ai mis le volume très fort. Je voulais qu'il regrette les images qu'il manquait. Mais il n'a pas bougé. Et les Expos n'étaient pas en meilleure forme que lui. Ils ont perdu et c'était bien fait pour eux. Enfin j'ai voulu lui souhaiter bonne nuit. Perdu dans ses moutons de poussière, il ne m'a même pas répondu.

Avant de m'endormir, j'ai pensé à Louise, ma mère. Elle travaille comme une folle. Elle espère devenir la plus grande comédienne de l'univers. La nuit, son éternel cauchemar est de se réveiller avec un énorme bouton sur le bout du nez. Pauvre Louise ! Depuis une semaine, elle était partie tourner un film en Italie, certaine de revenir avec des contrats plein les poches et des rôles à ne plus savoir lesquels choisir. En me confiant à la garde de son frère, elle s'était imaginé que je serais en sécurité.

Elle a trop d'imagination, ma mère. Elle se trompait. Elle avait eu beau me dire de ne pas donner trop de difficultés à Philibert, elle aurait dû savoir que lui m'en donnerait beaucoup plus.

Ce n'est qu'à la nuit tombée, quand il a été vraiment certain que toute la ville de Montréal dormait sur ses deux oreilles, que mon oncle s'est glissé hors de sa cachette. Il avait faim. En se rendant au réfrigérateur, ses devoirs de gardien lui sont revenus en mémoire. Il a voulu vérifier si Marius et moi dormions bien. Mon épagneul ronflait. Moi, j'avais fait mine de m'assoupir en feuilletant un gros livre, *Le Livre des records*. Délicatement, mon oncle l'a retiré de mes mains et, au lieu de le déposer sur ma table de chevet, il l'a apporté avec lui dans la cuisine, après avoir éteint ma lampe.

Installé au bout de la table, devant sa cuisse de poulet et son bout de salami arrosés d'une petite bière bien froide, Philibert Dupont s'est mis à fouiller dans l'épais volume. Au risque d'être surprise, je me suis placée au pied de mon lit pour l'observer comme il faut.

Pour commencer, il a dû chercher s'il y avait un nom d'accolé à l'article intitulé : L'HOMME LE PLUS RIDI-CULE DU MONDE. Non seulement il n'a pas vu son nom, mais il n'a pas trouvé un tel article. Moi, je sais pourtant très bien que si l'on cherchait l'homme le plus ridicule de la planète, on dénicherait un nombre record de candidats. Mais tout cela n'est pas de mes affaires !

L'important, c'est que vous sachiez que, peu à peu, j'ai vu ses yeux s'allu-mer. Une idée était en train de faire son petit bonhomme de chemin dans sa tête. Chacun possède sa façon person-nelle d'avoir des idées. En ce qui con-cerne Philibert Dupont, comme il oubliait de manger sa cuisse de poulet et son salami, comme il oubliait même sa petite bière qui devenait tiède, ça devait être un signe.

Le lendemain, tout le voisinage a pu se poser des questions à son goût. Il y avait de quoi ! Jacques Laflamme, qui est un pompier émérite et un grand bricoleur dans ses loisirs, a lentement construit une espèce de niche au sommet du poteau des cordes à linge. Mon oncle avait profité du moment où j'étais allée faire les courses pour lui téléphoner. Depuis qu'ils ont usé ensemble leurs culottes sur les bancs d'école, ils se sont toujours entendus comme des larrons en foire, ces deux-là. Parfois, quand Jacques vient regarder le baseball avec Philibert, mon oncle n'en finit plus de raconter les exploits et les tours pendables de leur jeunesse. Jacques se contente de sourire. D'une certaine manière, il doit admirer l'imagination plus que fertile de mon oncle. Parce que c'est certain qu'il y a autant de folies que de vérités dans ses grandes envolées. Du moins, c'est l'opinion de Louise, qui dit que son frère a toujours été du genre peureux. Il devait être là pour regarder Jacques exécuter les coups qu'il avait imaginés... et, maintenant, en se racontant, il imagine encore à sa manière les détails impossibles de ces petites aventures. Mais ce jour-là, quand Philibert a appelé son vieux copain, ce n'était certainement pas pour ressasser des souvenirs. Non, il a chargé Jacques d'une mission bien précise.

Mon oncle a laissé son ex-confrère travailler en paix. Il ne se montrait pas le nez dehors. D'une part, il avait encore honte de s'être ridiculisé pour une

Mon oncle
Philibert
et
Jacques
Laflamme
(son ami)

malheureuse corde à linge et, d'autre part, comme toute la construction se faisait dans les hauteurs, il ne pouvait pas offrir le coup de main profitable.

Je dois dire que la cabane a tout de suite fait rêver les petits voisins. Imaginez une espèce de niche de Saint-Bernard dont le toit pouvait s'ouvrir comme le couvercle d'une boîte à surprise. Chacun des quatre côtés avait sa fenêtre et le tout, quand le toit était ouvert, ressemblait à la vigie que l'on trouve au sommet des mâts des voiliers d'autrefois. Un peu de peinture blanche et rouge et des lumières aux quatre coins rendaient cet habitat assez attrayant, au fond.

Oui, ce jour-là, les gens des alentours se grattaient sérieusement le citron. Et moi, je les imitais à fond. Connaissant les vertiges de mon oncle, je ne pouvais pas encore me douter de l'utilité de cette maisonnette. Et Jacques Laflamme n'est pas l'homme le plus bavard du monde. En une journée, il siffle beaucoup plus qu'il ne parle. Quand il bricole, ce sont ses coups de marteau et le va-et-vient de son égoïne qui rythment les airs qu'il fredonne. Alors les gens avaient beau lui demander quel drôle de moineau l'avait chargé de construire sa cabane là, Jacques ne disait rien. Il se contentait de siffloter du haut de sa grande échelle. Philibert Dupont pouvait dormir en paix, Jacques Laflamme n'échapperait pas un traître mot du secret qui lui avait été confié.

Une fois la cabane terminée, le pompier est rentré chez nous. Il a simplement dit à Philibert :

— C'est fini. Maintenant, prépare tes bagages, mon vieux Dupont. Moi, je reviens demain midi.

Philibert l'a remercié du mieux qu'il le pouvait. Il avait l'air passablement ému. Son complice venait à peine de partir que mon oncle m'a dit qu'il voulait me parler. Je commençais à comprendre pas mal de choses.

Visiblement mal à son aise, mon oncle tournait autour du pot.

— Tu sais, Julie, j'ai été très humilié, hier. C'était plus fort que moi. Le vertige, ça ne se contrôle pas.

Il me parlait comme si j'avais été une petite fille. J'ai quand même un peu plus de conscience que ça.

— J'ai tout compris, Philibert. La seule chose que je trouve un peu curieuse, c'est la cabane au bout du poteau. As-tu l'intention d'y élever une petite famille de condors ?

— Ne fais pas de blague, Julie !

Et, après avoir pris une profonde respiration et une longue gorgée de bière froide, il m'a dit :

— J'ai l'intention de faire quelque chose de grand. J'en ai assez d'être une nouille.

J'aurais aimé dire à Philibert qu'il n'avait pas le droit de se traiter de nouille, mais j'ai préféré le laisser se rendre au bout de son idée. Et il parlait lentement, comme s'il pesait bien chaque mot :

— Alors je me suis dit que la meilleure solution pour ne plus paraître ridicule, c'était d'établir un nouveau record. Autrement dit : faire des pieds et des mains pour que mon nom, Philibert Dupont, se retrouve en bonne place dans *Le Livre des records*.

Un peu plus il aurait entonné un air d'opéra en se gonflant le torse et en tentant de faire rentrer son ventre.

— Il me fait rire, moi, *Le Livre des records*.

Éberlué, il m'a regardée avec ses gros yeux sortis de sa tête.

— Mais c'est en feuilletant ton propre *Livre des records* que j'ai eu l'idée.

— Ce n'est pas *mon* livre, mais celui de Charles. Il me l'a prêté parce que je trouve ça drôle de le feuilleter...

En me montrant tout à fait indifférente, j'allais peut-être le forcer à trouver quelque chose de moins ridicule. Je ne l'ai pas découragé pour deux sous.

— Écoute, Julie. Je suis un imbécile, je le sais. Mais, dans ma tête, il y a un certain nombre de choses qui ont de l'importance. Quelqu'un qui établit un record, c'est quelque chose. Pense à Maurice Richard, *à ton* Wayne Gretzky au hockey... pense à Martina Navratilova au tennis, à Joanne Brown...

— Joanne Brown ? Qui est-ce que c'est ?

— C'est la personne qui a la voix la plus forte au monde. C'est écrit noir sur blanc dans *Le Livre des records.* Pense à *Ben Hur.*

— *Ben Hur* ? Il est dans *Le Livre des records,* lui aussi ?

— Oui, mademoiselle. C'est le film dans lequel il y a eu le plus de figurants de toute l'histoire du cinéma. Cent mille figurants, tu imagines ? Et plus de quatre cent cinquante acteurs parlants. Ce n'est pas de la p'tite bière ça, a-t-il ajouté en prenant une gorgée de la sienne. Sans compter qu'il a obtenu onze

Oscars. Je te le dis, c'est écrit...

— Dans *Le Livre des records,* je commence à le savoir.

Philibert semblait vraiment parti pour la gloire. Il commençait à me faire sérieusement peur. Je me disais : « S'il se casse encore le nez, il va devenir complètement timbré ! » Et ça me faisait de la peine ! Je l'ai donc laissé poursuivre son long discours.

— Moi, Julie, il fallait que je trouve un record à ma mesure. Je sais bien que je ne pourrai jamais courir les cent mètres en moins de dix secondes ou battre le record du marathon ou du saut en hauteur.

— Ça, c'est sûr ! Ton ventre ne pourrait jamais passer au-dessus de la barre.

— Tu as raison, Julie. Et puis, je ne suis quand même pas pour tenter de battre le record du plus grand nombre de poignées de mains qu'un homme peut distribuer en vingt-quatre heures. Si nous habitions New York, j'essayerais peut-être ; mais Montréal, c'est encore trop petit.

— Pourquoi n'essaies-tu pas de passer un mois dans le Super-manège de la Ronde ?

— Les manèges me donnent mal au cœur... surtout quand je me trouve la tête à l'envers. Non, Julie, c'est décidé. Moi, je souffre du vertige et, pour montrer à tout le monde que je ne suis pas une poule mouillée, j'ai décidé de battre le record du poteauthon.

— Tu veux dire que tu vas t'installer dans la cabane au bout du poteau des cordes à linge pendant un temps fou ?

— Deux ans ! Exactement deux ans ! Ça va être un nouveau record mondial.

J'aurais pu dire n'importe quoi, j'étais convaincue qu'il n'abandonnerait jamais son idée. Alors j'ai pris une mine joyeuse :

— Félicitations, Philibert ! Tu ne manques pas d'ambition. Mais tu n'as pas peur de crever de faim là-haut ?

Là, mon oncle Philibert a fait la grimace. Il attendait que je lui offre mon aide. Moi, même si je trouvais son idée parfaitement ridicule, je l'ai fait. Il s'est mis à danser et à sauter comme un fou. Ses yeux brillaient et il frappait dans ses mains. S'il n'avait pas été mon oncle, j'aurais pu croire qu'il avait une araignée au plafond ou qu'il venait de gagner un million. Mais non, il avait seulement l'idée de faire un poteauthon.

* * *

Quand j'offre mon aide à quelqu'un, je ne suis pas le genre de personne à faire les choses à moitié. Pour marquer le grand événement, c'est-à-dire le moment où Philibert Dupont, le frère de ma mère, irait prendre place dans son nid, j'ai organisé une véritable campagne publicitaire. Dans les parcs et terrains de jeux des environs, Claudine a traîné une longue banderole derrière sa bicyclette. De mon côté, je n'ai eu qu'à confier l'idée de Philibert aux deux plus grandes commères de la ruelle : le père Breton, qui, depuis sa retraite, passe ses grandes journées à critiquer la température et à dire que rien n'est comme dans *son* temps ; et la mère Saint-Cyr, qui a des yeux tout le tour de la tête et qui n'a pas la langue dans sa poche. J'ai fait comme s'il s'agissait d'un secret brûlant, c'était le meilleur moyen pour que la nouvelle se répande à la vitesse de l'éclair. Ensuite, je suis allée frapper à la porte de Nadine Brisson. Je savais que mon oncle ne serait pas fâché de la trouver parmi les spectatrices du début de son exploit.

Et c'est ainsi qu'en ce 25 juin, à midi exactement, le grand camion rouge que Jacques Laflamme avait emprunté à sa caserne a dû fendre doucement la foule. Il y avait un brouhaha terrible. Charles, qui pense à tout, avait préparé un choix de limonades multicolores, qu'il a vendues pour presque rien. Philibert Dupont n'arrêtait pas de sourire et de serrer des mains.

Le grand moment approchait. Jacques Laflamme a bandé les yeux de mon oncle. Philibert s'est mis à avaler tout croche et son beau sourire a fondu. Sa figure a même pris la teinte verte de ceux qui ont le mal de mer. Mais il savait que les choses se dérouleraient ainsi. À tâtons, il m'a donné un dernier baiser et il a bafouillé un « au revoir » que personne n'a réellement entendu.

Comme les pompiers le font pour secourir les gens, Jacques Laflamme a pris mon oncle sur ses épaules. Il s'est ensuite installé au bout de la grande échelle. Un instant plus tard, sans trop s'en être aperçu, Philibert Dupont avait été déposé dans sa cabane perchée.

Pour que tout soit dans l'ordre, j'ai pris les gens à témoin et j'ai cloué une petite pancarte au bas du poteau. C'est sur cette affiche que, jour après jour, je me proposais d'indiquer les étapes du fameux record de Philibert Dupont.

Je me suis couchée, mais je n'arrivais pas à trouver le sommeil. Je pensais à Philibert, qui devait se sentir bien seul là-haut. Même Marius commençait déjà à s'ennuyer de lui. Nadine Brisson m'a proposé de coucher chez nous. Je l'ai remerciée. Je peux parfaitement me garder toute seule. Elle a dit d'accord et elle est partie au cinéma... avec Gilles Loiseau. Oui, toujours le même Gilles Loiseau, qui était encore en congé et qui riait depuis le midi.

Avant de m'endormir, j'ai éteint ma lampe. C'était ordinairement Philibert qui s'occupait de cela. J'ai quand même laissé la lumière de la cuisine allumée. Pour que ça fasse une étoile de plus dans le ciel fou de mon oncle.

Numéro 2

Comment mon oncle Philibert a réussi à se maintenir au bout de son poteau et à faire placoter tous les gens du voisinage.

Au fond, pendant les premiers jours de cette affaire, je n'aurais pas pu dire que la vie avait changé du tout au tout. Bien sûr, il avait fallu que je m'adapte à la nouvelle situation, mais ce n'était pas terriblement difficile. Pour être franche, le plus gros changement, c'est dans la cuisine qu'il s'est effectué. J'ai toujours détesté la cuisine. Oh ! pas la nourriture ! Au contraire, je suis assez gourmande, merci ! En temps normal, Philibert et moi, nous nous chamaillons assez souvent pour obtenir la dernière portion d'un plat. Bien entendu, nous ne nous battons pas pour vrai. Mon oncle et moi, nous ne sommes pas de chauds partisans du coup de pied au derrière ou du coup de poing sur le nez... sauf quand quelqu'un le mérite bien. Non, nous utilisons d'autres méthodes. Notre guerre est plus subtile, si vous voyez ce que je veux dire. Par exemple, quand il voit que j'ai presque terminé mon assiette, mon oncle Philibert m'avertit que si je mange encore une seule bouchée, je vais devenir une patate enflée. Je pourrais répliquer par une attaque à sa bedaine, mais je le traite plutôt de sans-cœur, en souhaitant que la peine qu'il en éprouvera lui fasse perdre l'appétit. Mais son appétit, comme le mien d'ailleurs, est beaucoup plus coriace que toutes les bêtises du monde. Alors nous finissons par partager les restes en maugréant. Quand nous mangeons du pâté chinois, nos engueulades tournent parfois au délire, et ma mère croit devoir s'en mêler, ce qui complique invariablement la situation. Mais tout cela, c'est en temps normal. De sa niche, au bout de son poteau, Philibert agissait beaucoup plus poliment à mon endroit. Il avait simplement peur que je le laisse mourir de faim. Et, ce que je déteste, c'est de faire la cuisine. J'aime cent fois mieux épousseter la collection de lapins en porcelaine de ma mère, j'aime dix fois mieux passer l'aspirateur et j'aime deux fois mieux laver les vitres au printemps que de faire à manger. Le simple geste de casser la coquille d'un œuf me brise le cœur. Et, pour rester dans le domaine des œufs, même mes œufs cuits durs prennent l'allure des superballes qui n'en finissent plus de rebondir.

Alors, quand quelqu'un a toutes les misères du monde à faire des œufs durs, il ne faut pas trop lui en demander. Même quand il s'agit de réchauffer des plats surgelés, je risque de faire les pires gaffes. C'est pour ça que j'avais convaincu Charles de venir tous les jours à la maison. De toute façon, depuis que Philibert était monté dans son poteau, il était tout excité. C'est un grand lecteur du *Livre des records,* Charles, et un grand amateur de tout ce qui ressemble à un exploit. Il espérait être dans les secrets des dieux, comme on dit. Je l'ai invité à participer à sa manière au poteauthon de Philibert Dupont. Il nous faisait la cuisine, voilà ! S'il y a un endroit où Charles n'a pas les pieds dans les plats, c'est bien dans la cuisine. À le voir devant une cuisinière, ça donne envie d'applaudir : il goûte à gauche, jette un soupçon de poivre à droite, agite un peu la sauce. Oui, pour le plus grand bien de nos estomacs, Charles était vraiment le garçon qu'il nous fallait.

*   *   *

Vraiment, au début, tout cela avait l'allure d'un jeu. Et notre vie était certainement moins bousculée que celle de nos voisins. Oui, nos fameux voisins qui étaient là, l'œil aux aguets, à veiller.

Le père Breton venait de trouver un nouveau sujet à critiquer. Il répétait à tout vent que Philibert Dupont avait bien du temps à perdre, qu'il était un fou et qu'il n'établirait aucun record. La mère Saint-Cyr lui répliquait qu'elle pensait exactement le contraire. Selon elle, Philibert était le candidat idéal pour réussir un exploit de ce genre-là. Le père Breton voulait la prendre au mot :

le père Breton

← sa grosse pipe

— Sur quoi vous basez-vous pour affirmer une chose comme ça, madame Saint-Cyr ?

— Ce n'est pas compliqué, père Breton. Philibert Dupont n'a jamais été un homme très actif. Même l'été, il passe son temps devant la télévision avec ses petites bières. Alors, ça ne le dérange pas trop d'être coincé dans une petite boîte, là-haut. Je suis sûre qu'il n'a même pas de fourmis dans les jambes.

Avant de continuer à téter sa pipe, le vieux grincheux se contentait de marmonner :

— Je dirais pas ça, moi, madame Saint-Cyr. Je dirais pas ça.

Là-dessus, il se mettait à réfléchir profondément, dans l'espoir de trouver une nouvelle critique. À ce moment-là, Mme Saint-Cyr devait avoir une bonne idée puisqu'elle poursuivait avec une grimace qui tordait sa mâchoire édentée :

— En tout cas, moi, ce n'est pas pour être mauvaise langue, mais je me suis laissé dire que...

Et elle baissait la voix de façon à ce que je ne comprenne rien de sa méchanceté. Ça ne pouvait pas être autre chose qu'une méchanceté, puisque les touffes de poils qui jaillissent des deux oreilles du père Breton se ramollissaient. Un jour, je n'ai pas voulu les laisser continuer plus longtemps. J'ai dit :

— Mon oncle Philibert, il y a une chose qu'il réussit pas mal bien.

Comme s'ils s'étaient concertés, ils ont répondu en même temps :

— Quoi ?

— Il réussit à vous faire parler.

Ça les a insultés. D'un commun accord, ils ont déclaré que j'étais impolie. J'aurais pu faire une grimace ou une crise, mais je me suis retenue. D'autant que j'avais le fou rire à voir sauter les épaules de Charles. Et puis, j'avais une autre raison de ne pas me mettre les voisins à dos. Pour la première fois, l'idée que Philibert pouvait réussir son record m'a traversé l'esprit. Et je me suis dit qu'il faudrait alors trouver des témoins pour certifier le record. Qui trouverais-je de mieux que les deux plus grandes commères du quartier pour se mettre en évidence ? Hein ! Qui ?

*   *   *

Entre tout ça, il y a eu quelques appels téléphoniques. Celui de Louise, ma mère. Du fin fond de son Italie, elle me demandait si tout allait bien à la maison. Sa voix avait l'air de rebondir sur je ne sais combien de murs.

— Très bien... oui, oui, tout va très bien.

Je n'ai jamais possédé l'art de raconter des mensonges d'une voix ferme.

— Philibert est en forme ?

— Bien sûr ! Qu'est-ce que tu penses ?

— Tant mieux ! Si tu pouvais me le passer, j'aimerais lui dire deux mots.

Là, je me suis mise à bafouiller. Je n'étais quand même pas pour lui répondre que Philibert, le bon Philibert,

l'incroyable adulte à qui elle avait confié l'épineuse mission de veiller sur moi
était... Non, non et non ! Je ne pouvais
pas lui dire que mon oncle fou passait
son temps à faire jaser le voisinage et à
se tourner les pouces en haut du poteau
de cordes à linge du fond de la cour.
Cela l'aurait inquiétée pour rien. Et
quand ma mère est inquiète, elle se
concentre difficilement. Sans concen-
tration, elle joue tellement mal, Louise,
qu'elle aurait pu bousiller toutes ses
scènes du lendemain. Moi, je ne voulais
tout simplement pas être responsable

Louise Dupont
(ma mère)
et ses
boutons.

de tout cela. Elle avait déjà assez de soucis avec le bouton nerveux qui n'attendait que le moment propice pour s'installer au bout de son nez sans lui en fournir d'autres. Non, si ce film-là devenait un navet et si la carrière internationale de ma mère faisait patate, je ne voulais pas qu'on me blâme. Alors, brusquement, j'ai entendu ma bouche débouler quelque chose comme :

— Euh... il est parti au baseball... c'est ça, oui ! Les Expos jouent contre Pittsburg, ce soir et... Et Jacques, tu sais, le pompier... bien... il a eu des billets et...

Ma mère a beau être une artiste, elle ne reste pas moins maîtresse de ses émotions. Les Expos de Montréal, le baseball en général, Jacques Laflamme et toutes les choses du genre lui passent dix mètres par-dessus la tête. D'autant qu'elle ne voulait pas que les frais interurbains lui coûtent les yeux de la tête. Elle m'a simplement dit :

— Bon... bon... fais pas un roman.

Dis-lui que je vais le rappeler à six heures demain matin. Ici, il va être midi. Dors bien, ma vieille ! Prends soin de toi ! *Ciao !*

Elle a raccroché, me laissant bouche bée. Le temps de me dire que nous étions dans de beaux draps, le téléphone a sonné de nouveau.

À l'autre bout du fil, cette fois-ci, c'était la voix de mon père. Sa voix officielle, sa voix d'homme d'affaires sérieux. Mon père, il est bien sympathique. Au fond, le seul problème chez lui, c'est qu'il semble appartenir à un autre monde. Il dirige un bureau d'assurances, et on jurerait toujours qu'il essaie de convaincre les gens à qui il parle que rien n'est plus important, dans la vie, que d'être assuré sur la mort. À bien y penser, il a quelque chose du croquemort, mon père. Bien entendu, il joue un rôle. Ça ne doit pas être gai tous les jours de répéter à tout un chacun que sa vie ne tient peut-être qu'à un fil, que les accidents sont vite arrivés, que les catastrophes courent le monde, se répandent, les malheurs, les larmes et tout et tout. De temps à autre, mon père aime bien rire, c'est sûr. Seulement, il oublie parfois de ne pas jouer son rôle d'assureur devant tout le monde. Même quand il me parle à moi, je le trouve bien solennel. Je suis certaine que ceux qui ne le connaissent pas s'imaginent qu'il ne retire jamais sa cravate et son veston, même pour prendre son bain. De toute façon, il avait une autre raison d'utiliser sa voix officielle pour me parler.

— Écoute, Julie, j'ai un pépin. Je t'avais promis de t'emmener au Cape Cod, la semaine prochaine. Eh bien, je dois remettre mes vacances d'une autre semaine...

Avec l'histoire de Philibert, j'avais complètement oublié ces vacances-là. Pourtant, j'y tiens habituellement. J'ai toujours été folle de la mer, du sable et des homards. Mon père, qui ne se doutait évidemment pas de mon oubli, a quand même poursuivi son discours en me donnant en long et en large les raisons de son pépin. Je l'ai laissé se rendre au bout de son rouleau. Enfin, quand il m'a dit :

— J'espère que tu n'es pas trop déçue, Julie. Au fond, ce n'est que partie remise.

Ma voix a pris une couleur triste pour lui répondre :

— Non, non, ça va. Inquiète-toi pas.

Il s'est excusé encore une fois avant de raccrocher. Pauvre papa, s'il avait su !

Je suis retournée dans la cour. Mon oncle avait la tête sortie de sa cabane et, avant même qu'il ait eu le temps de me demander qui avait téléphoné, je lui ai dit :

— Ça va mal !

*   *   *

Sans vantardise, je dois dire que c'est moi qui ai trouvé la solution. S'il avait fallu écouter Philibert, nous serions tous deux devenus fous.

— Louise va m'appeler à six heures du matin, tu dis ?

— C'est exactement ça !

— Mais ça n'a aucun bon sens. Je ne peux quand même pas descendre de mon poteau et manquer mon record pour un simple coup de téléphone.

Philibert s'énervait. Dans son nid, là-haut, il tournait en rond. Il était en train d'oublier son vertige, si bien que je commençais même à avoir peur qu'il ne tombe. Le soutenir moralement, lui faire parvenir les plats que Charles lui préparait, m'occuper de la maison, d'accord... mais soigner un grand blessé qui se serait cassé le nez pour un petit record de crotte, non merci ! J'allais avertir mon oncle de cesser ses folies quand il a eu *son* idée de génie. C'est la même idée qui lui traverse l'esprit chaque fois qu'il est mal pris.

— Julie, dépêche-toi. Va chercher Jacques.

— Pas besoin de t'énerver comme ça, Philibert. Il n'y a pas le feu.

— Ce n'est pas parce qu'il est pompier que je veux le voir. Je veux qu'il m'aide à trouver la solution. Deux têtes valent mieux qu'une, Julie. N'oublie jamais ça !

— Et la mienne ?

La moutarde commençait à me monter au nez. Les yeux ronds comme une boussole qui aurait perdu le nord, Philibert ne comprenait rien.

— La tienne ? Qu'est-ce que tu veux dire ?

— Ma tête, Philibert ! Tu me dis que deux têtes valent mieux qu'une et tu me demandes d'aller chercher Jacques Laflamme. Me prendrais-tu pour une nouille ?

— Justement, non. Tu vois bien que je n'ai pas toute ma tête, Julie. Vos deux têtes valent mieux que la mienne.

Il était bien fier de sa pirouette, mon Philibert. En se sortant ainsi de ce joli pétrin, il me prouvait qu'il avait encore un bon morceau de son cerveau.

Quand Jacques est arrivé, ils se

sont mis à réfléchir comme deux singes dans une boîte de conserve.

— La solution idéale, a dit le bricoleur, serait d'allonger le fil du téléphone jusqu'à ton poteau.

— Je le savais que tu aurais cette idée-là, lui a répondu Philibert. C'est justement pourquoi je tenais à te voir. Va chercher ton échelle et installe-moi le téléphone.

Jacques Laflamme m'a regardée avec l'air de quelqu'un qui ne veut pas faire de drames inutiles mais qui trouve son ami complètement maboule.

— C'est compliqué d'installer le téléphone ? lui ai-je demandé.

— En temps normal, ça se fait en criant lapin, ou presque. Mais le soir, comme ça, on ne peut pas trouver de fil. Et puis, ce n'est pas légal.

Mon oncle s'est mis à se tenir la tête comme s'il avait mal aux cheveux.

— Je suis foutu. Je le savais aussi qu'on ne trouverait pas de solution.

Soudain, il s'est immobilisé comme

quelqu'un qui vient de recevoir le gros bout d'un bâton de baseball derrière la noix. Il nous a regardés, la bouche ouverte et les yeux sortis de la tête. Il venait simplement d'avoir une autre idée.

— Jacques, tu es un génie ! s'est-il écrié.

— Qu'est-ce qu'il a fait encore ? ai-je questionné avec un soupçon de jalousie.

— Il est capable d'imiter n'importe qui. Tu te rappelles, Jacques ? À l'école, tu imitais M. Magnan, celui qu'on appelait « Moignon » parce qu'il avait un nez impossible.

Jacques s'est mis à rire à belles dents. Leurs souvenirs sont toujours irrésistiblement drôles pour eux. Mais pour moi, leur « Moignon » n'était pas plus drôle que l'histoire de la girafe qui a attrapé le torticolis.

— Tu as raison, Philibert. J'imitais « Moignon ». C'était facile, il parlait toujours comme s'il avait une patate chaude dans la bouche.

— Et M. Gendron, qu'on appelait « Gros Jambon » parce qu'il était énorme. Tu l'imitais à la perfection, lui aussi.

— C'est vrai, Philibert. Mais « Gros Jambon », il parlait sur le bout de la langue.

— Tout cela n'est pas grave. Moi, tout ce que je veux, c'est que tu prennes ma place pour parler à Louise au téléphone. Imite-moi. Ce n'est pas plus compliqué que ça.

— Viens-tu fou ?

Et tous deux se sont mis à s'enguirlander. Cela eut pour effet d'ameuter tous les voisins qui, eux, ne ratent évidemment jamais l'occasion de mettre leur nez dans les affaires des autres.

Par chance, leur engueulade n'a pas tourné au vinaigre. Ils se sont dit des bêtises et c'est tout. Des amis d'enfance ont quand même l'habitude de se brasser un peu.

— Moi, j'ai une idée.

Ils m'ont regardée tous les deux,

éberlués. J'aurais pu leur dire que j'avais attrapé l'herbe à puces qu'ils n'auraient pas été plus étonnés.

— C'est très simple. À six heures, demain matin, je vais répondre moi-même au téléphone. Et puis...

— Et puis ? ? ?

Ils ont répondu ensemble, comme s'ils avaient fait partie du même chœur de chant.

— Et puis, je vais dire la vérité. Louise va comprendre. Elle est toujours prête à applaudir ceux qui vivent des histoires extraordinaires, palpitantes. À bien y penser, elle ne s'énervera peut-être pas tant que ça. Elle va même être aux petits oiseaux. Philibert, je te le dis, ne te fais pas de soucis.

C'est ainsi que, le lendemain, j'ai raconté l'aventure de Philibert à ma mère. J'aurais bien aimé lui voir la fraise pendant que je parlais. C'est terrible, le téléphone ! Quand l'autre ne dit pas un mot, on ne peut pas savoir s'il fait une grimace, s'il pleure, s'il a la tête qui craque, s'il est mort de rire ou sans connaissance. Pendant un moment, le silence de ma mère m'a fait peur. Ensuite, elle a éclaté.

— Mon petit frère est complètement marteau, qu'elle m'a dit, juste avant de se mettre à rire à me défoncer le tympan.

Pauvre Philibert !

— Dis-moi, maman. Pourquoi voulais-tu absolument lui parler ?

— Parce que c'est son anniversaire !

Son anniversaire ! Et moi, j'avais oublié. Complètement oublié. Je n'ai jamais eu une mémoire terrible. À ce point de vue, je ne fais pas partie de la famille des éléphants.

Il était six heures du matin et Philibert dormait toujours. Cela ne m'a pas empêchée de lui ménager une surprise dont il se souviendrait longtemps. Une surprise qui le ferait peut-être descendre de son foutu poteau idiot.

Je m'attendais à retrouver un Philibert ronflant. Je me trompais. Il me regardait de ses hauteurs comme quelqu'un qui a mal au cœur.

— Tu recommences à avoir le vertige ?

Ma question a semblé le surprendre. Et il ne m'a pas paru en meilleure forme quand il a soufflé :

— Non... non, non... de ce côté-là, ça va.

— Pourquoi fais-tu la gueule de bois, dans ce cas-là ? Parce que tu vieillis d'un an aujourd'hui ?

— Un an de plus ou un an de moins, qu'est-ce que ça fait ?

— C'est à toi de me le dire !

Je le jure sur la tête de mon chien, jamais je n'avais vu Philibert en aussi mauvaise forme. Il semblait encore plus mal en point que les soirs où ses Expos se font donner une râclée. Alors, comme si la chose n'avait vraiment rien d'extraordinaire, je lui ai souhaité un bon anniversaire.

— Merci, Julie. Tu es bien gentille d'avoir pensé à ça.

Je ne voulais pas lui dire ce que je lui préparais. Il aurait rouspété que c'était inutile et tout et tout. J'ai laissé Marius lever la patte sur le poteau de mon oncle et j'ai fait demi-tour. Nous allions rentrer, mon chien et moi, quand Philibert nous a rappelés.

— Psitt ! Psitt ! Approche-toi, Julie.

Il semblait mûr pour un grand secret. Il a chuchoté :

— Est-ce qu'elle te parle souvent de moi ?

Philibert s'inquiétait. Ses Expos pouvaient perdre deux ou trois parties d'affilée, ce n'était pas ça qui le chiffonnait. C'était plutôt son petit cœur.

— Allez, Julie, réponds-moi.

D'un coup d'œil circulaire, il surveillait les fenêtres des maisons.

— Penses-tu que je ne me rends pas compte que Mlle Brisson te rend visite, tous les soirs ?

— Bien oui, Nadine vient me voir.

Elle se demande si je me débrouille comme il faut... et elle aime tellement les plats de Charles qu'il lui fournit certaines recettes.

— Pas si fort, Julie !

— Oui, oui, Nadine vient faire son tour, ai-je poursuivi en baissant le ton. Après tout, il y a quelqu'un qui avait promis de prendre soin de moi tout l'été. Mais, actuellement, il est perché comme un dindon sur son poteau. Et c'est moi qui m'occupe de lui.

— Elle est bien gentille, Nadine, comme tu dis.

Il était évidemment gêné de la nommer par son prénom.

— Elle, au moins, elle a une tête sur les épaules. Hier, par exemple, elle me disait...

Déjà, Philibert s'énervait :

— Quelque chose à mon sujet ?

— Oui.

Encore une fois, il a regardé de chaque côté. Le père Breton venait de sortir de chez lui et nous épiait en fumant sa grosse pipe calcinée. En me faisant signe de parler moins fort, Philibert m'a demandé :

— Qu'est-ce qu'elle t'a dit ?

J'ai chuchoté juste assez fort pour que ma voix parvienne jusqu'à ses oreilles :

— Elle m'a dit que c'est dommage que tu sois devenu fou.

— C'est vrai ? Elle t'a dit ça ?

Il m'aurait suffi de pousser le jeu à peine un peu plus loin pour qu'il descende de son poteau en parachute. Je ne l'ai pas fait.

— Bien non, mon oncle. Elle te trouve bien correct.

Là, je n'ai pas eu besoin de lever les yeux. Philibert était rouge comme une tomate.

*   *   *

Pour l'anniversaire de Claudine, ses parents nous ont amenés faire du patin à roulettes. Il y avait presque toute la classe. C'est une des nombreuses façons de fêter quelqu'un. On a beaucoup ri. Surtout quand le père de Claudine s'est fracassé le derrière en voulant nous montrer comment exécuter un trois. Le pauvre homme était humilié. Il s'était tellement vanté. Dans sa jeunesse, il donnait des cours de patin à roulettes et il avait voulu nous en faire voir de toutes les couleurs. Le malheur, c'est qu'il ne nous a jamais vus rire. En tombant sur les fesses, il a perdu ses lunettes qui se sont brisées. Il n'a même pas pu conduire son auto pour nous ramener à la maison.

D'autres gens choisissent un moyen moins dangereux pour fêter ceux qu'ils aiment. Certains offrent un souvenir qu'ils ont fabriqué eux-mêmes. C'est parfois une pièce d'artisanat un peu boiteuse, mais c'est de bon cœur. Moi, j'ai choisi de faire un autre type de surprise à Philibert. Une surprise de taille ! Je n'aurais pas pu l'organiser toute seule. Les gens ne font jamais confiance aux jeunes quand ceux-ci ont une idée. Ils s'imaginent toujours qu'on a l'intention de leur jouer un tour. Pourtant, j'étais parfaitement sérieuse quand j'ai téléphoné au *Grand Journal*. Mais la téléphoniste m'a fait poireauter au bout de la ligne. J'ai compris que, même si j'avais crié au meurtre, personne n'aurait bougé. Alors, c'est Nadine Brisson qui m'a aidée... joliment et à l'insu de Philibert. Elle a contacté les trois journaux de la ville et les trois chaînes de télévision en s'identifiant. Qui est-ce qui ne croirait pas Nadine Brisson, l'interprète bien connue, quand elle parle avec des trémolos dans la voix ? Et c'était ça, mon cadeau de fête : une vraie conférence de presse, gigantesque, unique !

J'aurais voulu planifier la surprise que je n'aurais pas pu faire mieux. À midi, Philibert, qui n'avait presque pas fermé l'œil de la nuit précédente, m'a dit qu'il voulait dormir un peu. Il avait les paupières lourdes et, ce qui est plus rare, absolument pas faim. J'ai fait mine de rien et je l'ai laissé à sa sieste. Trois minutes plus tard, ses ronflements retentissaient. Le père Breton lui-même, qui peut certainement se vanter de détenir le record mondial de puissance en ronflements, s'est mis à sourciller. Mais rien n'ébranlait mon oncle Philibert. Même pas les camions des télévisions et les voitures des journalistes radiophoniques. Nous avions donné rendez-vous à tout ce beau monde pour une heure. Charles avait préparé des quantités de petits sandwiches de toutes sortes. Nous servions aussi du vin rosé. Et à une heure précise, les journalistes étaient dans la cour, les yeux, les micros et les caméras tendus vers la cabane où mon oncle ronflait de plus belle. Les camions, les autos, les voix, rien n'avait pu le réveiller. C'est alors que j'ai pris la parole :

— Mesdames, mesdemoiselles et messieurs, bienvenue à cette conférence de presse. Je suis bien contente que vous soyez venus aussi nombreux. Je ne tiens pas à vous faire un long discours pour rien.

De toute façon, je me sentais tellement nerveuse que j'avais l'impression de courir après mon souffle et de ne plus avoir une goutte de salive dans la bouche... et je me disais que les hommes politiques qui s'écoutent parler pendant des heures à la télévision devaient être joliment gonflés.

— Mademoiselle Nadine Brisson et moi-même (en prononçant le nom de Nadine, j'aurais pu jurer que les ronflements de mon oncle s'étaient suspendus), nous vous avons invités ici pour souligner l'exploit de mon oncle. En effet, celui qui s'appelle Philibert Dupont, et dont vous entendez le souffle endormi, va demeurer en haut de son poteau pendant au moins un an, sinon deux, et il aura ensuite son nom écrit dans le célèbre *Livre des records*.

Au moment où je disais son nom, j'avais senti Philibert grouiller dans sa cabane. Puis, de sa voix la plus

ensommeillée, il a gauchement arti-
culé :

— Julie ! Vas-tu bien me dire ce
que tu fais ?

— Je parle, mon oncle, je parle.

— Mais à qui, nom d'une pipe ? On
croirait que tu prononces un discours.
Es-tu en train de devenir folle ?

Je n'ai pas eu besoin de répondre à
sa question. Parce qu'au moment où
j'allais ouvrir la bouche, sa tête est
apparue. Il est devenu rouge, puis vio-
let, puis bleu... ensuite, il est passé du
vert au jaune pour enfin murmurer tout
bas :

— J'ai... j'ai mal au cœur, Julie.

Les caméras, les microphones et les
yeux de tout le monde, journalistes
comme voisins, étaient braqués sur sa
personne. J'ai voulu reprendre les choses en main.

— C'est mon oncle !

Et clac ! les lampes-éclair se sont
mises à crépiter en même temps que les
questions. Chacun avait la sienne et

voulait la poser en premier. Philibert, qui ne s'attendait évidemment pas à la chose, n'en finissait plus de bafouiller et de mêler ses phrases. Si bien qu'il a réussi à faire rire tout le monde et surtout Gilles Loiseau, qui profitait encore d'une journée de congé pour ricaner aux frais de mon oncle.

Les journalistes sont repartis avec leurs images. Chacun semblait content de son interview et promettait de suivre l'ascension de Philibert vers son record.

Une fois que nous avons été seuls, Philibert s'est mis à s'énerver.

— Tu aurais dû m'avertir, Julie.

— C'était une surprise pour ton anniversaire.

— J'aurais aimé préparer un petit discours, moi. Maintenant, je me demande de quoi je vais avoir l'air ?

*   *   *

— Ridicule ! Il avait l'air tout à fait ridicule ! Et toi aussi, Julie.

Mon père était vraiment monté sur ses grands chevaux. Il gesticulait à n'en plus finir, ce qui est plutôt rare chez lui. D'habitude, il parle lentement, en prenant appui sur chacun des mots qu'il prononce. Mais ce jour-là, sa voix était devenue tout aiguë, comme celle d'un oiseau. Et il faisait de grands gestes, comme un oiseau encore, qui se débat comme un fou parce qu'il ne peut pas s'envoler.

— C'était absolument ridicule ! Quand je vous ai vus à la télévision, je me suis demandé si je n'étais pas malade.

— Il me semblait que tu ne regardais jamais la télévision, toi papa. Tu as toujours soutenu que c'était une invention ridicule.

Ça, c'est le genre de réplique que mon père déteste se faire servir. Il a toujours condamné la télévision. Pour lui, c'est une invention de paresseux, très utile pour ceux qui n'ont rien à faire de leur temps. Et voilà qu'il m'avouait nous avoir vus, Philibert et moi.

— Oui, je regarde la télévision, moi aussi. De temps en temps... et d'une façon correcte ! Je regarde des émissions sérieuses aussi, pas des émissions qui racontent n'importe quelle idiotie.

— Justement, Philibert et moi, nous sommes passés à une émission sérieuse. Son record, c'est peut-être une chose plus importante que tu ne le crois.

Là, mon père patinait. Il avait chaud. Il tournait en rond. Je pense que c'est Charles qui l'a sauvé, quand il nous a lancé un « salut la compagnie » sans crier gare à travers la moustiquaire de la porte arrière. Il a été un peu surpris d'apercevoir mon père.

— Oh ! Excusez-moi !

Il avait la tête d'une tomate, Charles. Il ne savait plus où se mettre.

— Je vous dérange ? Je peux repasser dans quinze ou vingt minutes.

— Tu ne nous déranges pas du tout, jeune homme.

Mon père utilise des mots comme ceux-là pour souligner l'énorme distance qui sépare nos générations. Charles a dit : « Bon ! » et il est entré.

Là, mon père a failli avaler sa cravate quand il a vu mon copain ouvrir la porte du réfrigérateur.

— Mais qu'est-ce qu'il fait ? Il entre dans le réfrigérateur comme dans un moulin ?

— Il fait son travail, papa.

— Il travaille ici ?

— Oui et non. Charles est en quelque sorte le cuisinier de la maison.

Mon père ne m'a pas laissée terminer mon explication. Il a commencé à me faire un long discours dans lequel il disait très clairement que je le décevais beaucoup. Il ne pouvait pas s'imaginer que je sois nulle en cuisine, que j'aie les deux pieds dans la même bottine devant les chaudrons et que tout *mon* travail soit fait par un garçon. J'avais fortement envie de répondre quelque chose, mais je me serais fâchée et ça m'aurait causé un tas d'ennuis. De toute façon, avant même que j'aie terminé de tourner ma langue sept fois dans ma bouche, c'est Charles qui a répondu tout à fait innocemment :

— Ayez pas peur, monsieur Cadieux. Je suis habitué de faire à manger. Si vous voulez rester à dîner, il y aura assez de bœuf bourguignon pour vous. C'est la recette de mon père.

Là, ce fut au tour de mon père de tourner sa langue sept ou huit fois. Mais j'ai eu l'impression qu'il ne trouvait plus les mots exacts pour traduire vraiment

mon père au bord de la mer. (avec son plus beau sourire)

sa façon de penser. Alors il est sorti dans la cour. Il s'est dirigé directement vers le poteau de Philibert et s'est mis à le secouer de toutes ses forces. Mais le poteau était solide et mon père s'éreintait pour rien. D'autant que sa cravate se déplaçait dangereusement et que, s'il avait eu les cheveux plus longs, il aurait pu se décoiffer. Avant de se ridiculiser tout à fait, il s'est mis à sermonner mon oncle :

— Non, Philibert, non. Je n'entrerai

pas dans ton jeu. La seule chose que je puisse te dire, c'est que tu agis comme un gamin, le gamin que tu as toujours été. Voilà ! Là-dessus, je retourne à mes affaires qui m'attendent.

Philibert le regardait sans dire un mot. Pendant que mon père replaçait sa cravate, mon oncle m'a fait un clin d'œil. Cela voulait dire qu'il était en train de mourir de rire.

— Toi, Julie, comme tu dois t'occuper de ton oncle et surtout comme tu t'intéresses tellement à ses histoires de fou, je me vois dans l'obligation d'annuler nos vacances au bord de la mer. Voilà !

Et il est reparti retrouver, comme il venait de nous le dire, ses affaires très importantes qui l'attendaient.

Sans s'en douter, il venait de me sauver la vie. Depuis son arrivée, je n'arrivais pas à trouver les bons mots pour lui dire que je ne pourrais pas aller à la mer cet été. Le record de Philibert était trop important.

Numéro 3

Comment un extraterrestre aventureux a pu croire que Philibert Dupont était le roi de la planète.

Mon oncle Philibert vivait au sommet de son poteau depuis un bon mois déjà et, il faut bien l'admettre, son aventure n'était pas aussi excitante qu'elle avait pu nous le sembler au début. Bien sûr, les voisins, les mémères et les compères restaient aux aguets. La pipe au bec, le père Breton se berçait inlassablement sur sa galerie arrière. Mme Saint-Cyr continuait d'étendre son linge, la tête comme un véritable radar qui pivote continuellement pour ne rien manquer. Elle sortait, elle rentrait, elle ressortait pour appeler ses deux moussaillons, qui semblaient toujours perdus à l'autre bout du monde. Elle ne manquait jamais l'occasion d'échanger quelques mots avec Philibert, histoire de recueillir ses dernières impressions.

Il faisait chaud. C'était un été de fou. Tous les après-midi, Claudine, Charles et moi allions nous baigner au parc. Il le fallait bien. Nous n'aurions jamais pu tenir debout sans ces saucettes rafraîchissantes. Philibert, lui, avait parfois l'air de fondre comme une boule de crème glacée au bout d'un cornet oublié. Il cuisait. Certains après-midi, il ressemblait à un homard qui s'ennuie. Son poteauthon devenait navrant. Pendant une certaine période, il avait été une attraction. Ainsi, Claudine avait fait tellement de publicité que les moniteurs du parc avaient organisé des pique-niques dans notre cour. Les enfants riaient et s'amusaient... et

Philibert les regardait rire et s'amuser. Il faisait parfois quelques blagues, mais le cœur n'y était pas toujours.

Après la célèbre conférence de presse du jour de son anniversaire, les journalistes s'étaient rapidement désintéressés de mon oncle. Les articles s'étaient transformés en entrefilets de plus en plus minces. C'était le temps des vacances, pour les journalistes comme pour tout le monde au fond. Les gens des communications avaient fini par se rendre compte qu'il n'y avait rien de passionnant à dire au sujet d'un record encore vague et lointain.

— C'est absurde, Philibert. Ton record ne sert à rien et à personne. Au lieu de perdre ton temps là-haut, tu pourrais aussi bien le faire, assis devant la télévision à regarder tes Expos perdre des matchs de baseball.

Voilà ce que j'ai dit à mon oncle, un jour où j'en avais plein mon chapeau de m'occuper d'un futur recordman à la gomme.

— Je suis fou, je l'admets, m'a répondu Philibert. Mais je suis coincé, je ne peux plus redescendre. Imagine le rire des voisins si j'abandonne. M. Breton, Mme Saint-Cyr, Gilles Loiseau... déjà ils rient tous dans leur barbe. Alors si je baisse pavillon, ils vont éclater. Ça serait un tonnerre de rires ! Ils vont mourir de rire ! Imagine les titres dans les journaux, à la radio et à la télévision : « PHILIBERT DUPONT, L'HOMME QUI VOULAIT QUE SON NOM SOIT INSCRIT DANS *LE LIVRE DES RECORDS,* N'ÉTAIT EN RÉALITÉ QU'UNE POULE MOUILLÉE. »

— Dans ces conditions, lui ai-je répondu, nous allons te trouver quelque chose d'utile à faire.

Et c'est ainsi que Claudine a eu l'idée des pique-niques dans la cour. Et puis, Charles s'est cru plus brillant :

— Puisque vous ne savez pas quoi faire de vos dix doigts, monsieur Dupont, vous allez laver la vaisselle du restaurant de mon père.

Idée géniale, s'il en était une... idée tout simplement catastrophique ! Le premier bol d'eau savonneuse a évidemment glissé des mains de mon oncle. Claudine et moi avons à peine eu le temps de nous protéger. Charles a été copieusement mouillé. Le père Breton, Mme Saint-Cyr et Gilles Loiseau ont bien ri. Mais le plus drôle est certainement arrivé le lendemain après-midi quand Philibert a laissé descendre un peu trop rapidement la caisse de vaisselle parfaitement propre. Pour tout dire, la caisse en question contenait toute la vaisselle du restaurant. Si nous avions compté les morceaux d'assiettes fracassées, je suis certaine que Philibert Dupont aurait rapidement pris place dans le fameux *Livre des records,* à la rubrique : LA PERSONNE QUI A CASSÉ LE PLUS DE VAISSELLE EN UNE SEULE SECONDE.

Cet événement explosif a créé plus d'un émoi. Le père Breton s'est étouffé dans la fumée de sa pipe. Mme Saint-Cyr a failli tomber de son balcon et n'a rien trouvé de plus intelligent à faire que de s'accrocher à sa corde à linge et de battre des jambes dans le vide. Marius, comme il le fait toujours au moment des catastrophes, s'est mis à hurler, le père de Charles à pleurer et Gilles Loiseau est presque mort de rire. Mais le soir même, le pilote riait un peu plus jaune quand, en compagnie de Nadine Brisson, il n'a pas pu manger au restaurant parce qu'il n'y avait plus de vaisselle. Cependant, pour séduire notre voisine, Gilles Loiseau a plus d'un tour dans

nom Loiseau
prénom Gilles
fonction pilote
code 2319920-85

son sac. Il l'a invitée à faire un petit voyage avec lui. Pour refuser poliment, Nadine a prétexté qu'elle devait rester dans les environs pour veiller sur moi. Ce soir-là, Gilles Loiseau est venu frapper sur le poteau de mon oncle et lui a crié :

— Philibert Dupont, vous êtes un imbécile.

Bref, à l'exception de ces petits rebondissements, des parties de cartes que Jacques Laflamme montait livrer à mon oncle et de la famille de chauves-souris qui avait voulu s'établir avec lui, le temps commençait à s'engourdir. Chacun commençait à en avoir assez de ce record qui ne tenait pas debout. Mais voilà qu'une nuit, un événement s'est produit qui allait complètement transformer la semaine suivante...

En sortant Marius, ce matin-là, j'avais les yeux en compote quand j'ai entendu mon oncle me chuchoter :

— Julie ! Tu vas me prendre pour un fou !

— C'est déjà fait, mon oncle ! lui ai-je répondu en bâillant.

— Non. Cette fois-ci, tu vas me trouver complètement maboule. Cette nuit, j'ai eu de la visite...

Il ne voulait pas m'en dire plus. Il avait peur que les voisins ne l'entendent. J'ai donc dû monter le rejoindre pour le voir prendre son air le plus grave et me déclarer :

— Tiens-toi bien, Julie ! Je ne veux pas que tu tombes dans les pommes. Crois-moi ou non : UN EXTRATER-RESTRE EST VENU ME VISITER LA NUIT DERNIÈRE.

Je ne suis pas tombée dans les pommes. Je n'ai pas ri non plus. J'ai simplement touché le front de Philibert. C'était, me semble-t-il, le premier geste à faire avant d'appeler le médecin ou d'alerter la NASA. Mais mon pauvre oncle ne semblait pas plus fou ou fié-vreux qu'à l'accoutumée.

Voici comment les choses s'étaient passées, telles que Philibert me les a racontées.

La nuit précédente, il avait fait une chaleur suffocante. C'était une nuit qui ressemblait à toutes les nuits de cet été-là. Vers trois heures du matin, Philibert venait à peine de sombrer dans le sommeil quand il a été brusquement réveillé par une série de coups feutrés que quelqu'un assenait sur le toit de sa cabane. Il a ouvert un œil encore nébuleux et il a demandé, sans tenir compte de l'endroit où il se trouvait :

— Qui est là ?

Une voix nasillarde et pleine d'hésitations (ce qui, selon Philibert Dupont, lui donnait la sonorité d'une voix d'ordinateur) lui a répondu :

— Quelqu'un qui vous veut du bien.

Comme si c'était la chose la plus naturelle du monde, Philibert a répliqué :

— Entrez !

Au fond, il était persuadé que tout

cela n'était que le début d'un rêve. Et il savait bien, le bon Philibert, que lorsqu'un rêve commence, il est toujours mauvais pour le dormeur de se fourrer la tête dans son oreiller et de crier : « Je dors, vous repasserez une autre fois. » Immanquablement, une telle attitude révolte les personnages du rêve qui se transforme bientôt en cauchemar. Mon oncle, ne voulant pas refuser ce rêve, a décidé d'entrer dans le jeu de son visiteur mystérieux.

— Comment entre-t-on chez vous ?

— Par le toit, voyons !

Et, paresseusement, Philibert s'est levé et a soulevé le dessus de sa niche. Il aurait pu avoir l'air d'un clown sur un ressort jaillissant d'une boîte à surprise pour étonner cet inconnu, mais c'est lui qui a été le plus surpris des deux. Devant lui se dressait l'être le plus étrange que Philibert eût rencontré de toute sa vie. Le bonhomme n'avait pourtant rien d'inhumain. Il possédait deux jambes, deux bras et une tête. Sa taille était celle d'un adulte moyen, ni trop bedonnant, ni maigre comme un chicot. Son corps semblait complètement recouvert d'un vêtement qui aurait pu être un costume d'homme-grenouille ou de patineur de vitesse s'il n'avait été recouvert d'une mince couche de poils lisses, d'une texture semblable à la peau luisante d'une otarie de cirque. La tête du visiteur était encapuchonnée comme celle d'un patineur de vitesse, encore une fois. Finalement, c'était surtout son visage qui le distinguait des humains. Tous ses traits étaient écrasés et seuls sa bouche et ses yeux conservaient une certaine mobilité. Cela lui donnait un air franchement mystérieux et lointain. Mais, au fond, il aurait pu passer pour un humain déguisé s'il n'avait eu le pouvoir de voler. Il faut bien le dire, c'était là le détail qui avait le plus fortement impressionné Philibert Dupont. Son visiteur nocturne était donc doté de deux bombonnes dorsales qui lui permettaient de s'élever au-dessus

l'extraterrestre dessiné par moi.

du sol, ce qui est quand même assez peu commun.

La première question qui a assailli la cervelle engourdie de mon oncle, lorsqu'il revint de sa surprise, a été celle-ci : « Dans quelle sorte de rêve je viens encore de m'embarquer ? » Cette même cervelle a été encore assez étonnée d'entendre le visiteur répondre :

— Non, vous ne rêvez pas. La preuve ? Je vous tords le nez.

Philibert n'a même pas pensé à se

méfier de cette main gantée qui n'a fait rien d'autre que ce que la voix lui avait promis. Philibert Dupont s'est donc fait tordre le nez en bonne et due forme. Malgré la douleur, il n'a pas crié. Comme il était certain qu'il ne rêvait pas, il ne voulait quand même pas ameuter tout le voisinage. D'autant que, malgré une certaine peur, il se demandait sérieusement ce que cette personne lui voulait.

— Qui êtes-vous ? a-t-il fini par articuler.

— Mon nom ne vous dirait rien, lui a répondu son interlocuteur. Premièrement, je suis un illustre inconnu sur votre planète. Et, deuxièmement, vous auriez tellement de mal à prononcer mon nom que vous ne feriez que l'écorcher en le répétant. Sachez seulement que je viens de la planète Béribidéros.

— Que venez-vous faire ici ?

— Vous voir, Philibert Dupont.

— Vous connaissez mon nom ?

— Vous êtes célèbre, Philibert Dupont. Sur Béribidéros, nous captons parfaitement les images des postes de télévision de votre ville. Malheureusement, le son reste encore inaudible. Il y a un certain temps, nous avons vu les reportages qui vous ont été consacrés. Nous pouvions lire votre nom sur l'écran. Alors le gouverneur de ma planète m'a dit : « Écoute, vieux, rends-toi sur la Terre. Rencontre le roi de cette planète et dis-lui que nous avons un urgent besoin de l'aide des Terriens pour combattre Cavaléroïdus, dont les habitants nous ont déclaré la guerre il y a déjà huit ou neuf années-lumière exactement. »

Mon oncle s'est mis à balbutier n'importe quoi. Il voulait immédiatement clarifier la situation, dire qu'il ne connaissait pas le roi de la Terre étant donné que personne ne règne sur la planète tout entière. Et puis, il voulait ajouter aussi que les guerres interplanétaires nous passaient cinq ou six mètres par-dessus nos têtes de Terriens, nous qui n'avons même pas réglé nos petits problèmes de territoires. Mais le visiteur de Béribidéros ne l'entendait pas de cette oreille. Il n'a pas laissé le temps à Philibert d'articuler une phrase qui pouvait avoir un certain bon sens. Il s'est empressé de lui dire d'une voix déjà beaucoup plus dure :

— Philibert Dupont, ne faites pas l'innocent. Nous savons que vous êtes le roi de la Terre. Ce n'est pas pour rien que les humains vous ont installé ici. C'est pour que vous respiriez plus haut que tous les autres hommes.

— Non, c'est pour avoir mon nom dans *Le Livre des records,* vous connaissez ?

— Vous êtes rusé, Philibert Dupont, a repris l'extraterrestre d'une voix qui devenait de plus en plus autoritaire. Laissez tomber cette idée stupide de record. Elle ne prend pas avec nous. Sur Béribidéros, votre nom est déjà sur les lèvres de tout le monde. Si vous ne voulez pas nous aider, dites-le carrément. Nous saurons alors que la Terre est l'alliée de Cavaléroïdus et nous vous enlèverons, vous, Philibert Dupont, le maître de la Terre.

— Non, c'est-à-dire que...

— Majesté Philibert Dupont, réunissez vos conseillers les plus importants et dites-leur que nous avons un urgent besoin d'uranium, d'aluminium, de platonium, de rhum et d'hommes. Je reviens dans trois ou quatre nuits. Si votre réponse est négative, nous nous arrangerons bien, sur Béribidéros, pour vous rabattre le caquet.

Encore une fois, Philibert n'a pas eu le temps d'expliquer quoi que ce soit. Son visiteur ouvrait déjà le toit de la cabane, faisait fonctionner ses bombonnes, s'élevait doucement dans le ciel étoilé et disparaissait bientôt derrière les maisons du quartier.

Voilà en gros l'histoire que Philibert Dupont, mon oncle et futur recordman, m'a racontée, ce matin-là.

— Et qu'est-ce que je fais, maintenant ? m'a demandé mon oncle, comme s'il questionnait une diseuse de bonne aventure.

Qu'est-ce qu'il devait faire ? Me demander ça à moi. Comme si j'avais été quelqu'un de génial, capable de trouver des solutions à tous les problèmes... même ceux des autres galaxies.

— Tu es bien certain que tu n'as pas rêvé ?

— Non, Julie, non. Regarde mon nez. Est-ce qu'il est encore rouge ?

— Non, Philibert. Il est de sa couleur naturelle.

— Il me fait encore souffrir, en tout cas. Je sens toujours la torsion que mon extraterrestre lui a fait subir.

En bas, Marius commençait à s'impatienter.

— Écoute, Philibert, il faut que je redescende maintenant.

— C'est peut-être ça, la solution,

Julie. Redescendre. Il ne me reste plus qu'à redescendre, moi aussi. Appelle Jacques pour qu'il vienne me chercher avec sa grande échelle.

La peur le reprenait. *Le Livre des records* semblait bien loin de ses préoccupations. La seule ambition qu'il caressait, c'était de se faire tout petit, de disparaître en quelque sorte, et que l'on oublie Philibert Dupont pour un bon bout de temps.

— Non, Philibert, il faut que tu tiennes le coup. De toute façon, ton extraterrestre ne se montrera certainement pas le bout du nez...

— Mais il a le nez tout écrasé !

— Justement ! Il est trop laid pour sortir en plein jour. Alors laisse-nous réfléchir un peu, veux-tu ?

Et je suis redescendue vers Marius qui battait de la queue. Sur son balcon, toujours dans son pyjama minablement rayé, Gilles Loiseau, le pilote d'avion, s'étirait. Il m'a fait un sourire et un petit signe de la main.

— Vous êtes de bonne heure sur le piton, vous, que je lui ai dit en me demandant s'il n'avait pas entendu des bribes de notre conversation.

— Je travaille aujourd'hui. Mon avion décolle à onze heures, ce matin. Il faut donc que je sois bien réveillé.

Avec son petit rire moqueur et coutumier, il a encore ajouté :

— Ton oncle se porte toujours bien ?

— Puisque vous voulez le savoir, il est aux petits oiseaux, lui ai-je répondu en étant parfaitement consciente de mêler son nom à la sauce.

Je suis entrée dans la maison sans rien dire de plus. Au fond, en voyant le nez frétillant de cette espèce de Gilles Loiseau de malheur, je venais de comprendre une chose. C'était peut-être la seule chose vraiment claire de toute cette aventure : *il ne fallait surtout pas ébruiter cette affaire d'extraterrestre.* Trop de gens surveillaient les moindres gestes de Philibert, on ne devait pas les exciter davantage. Dans son for intérieur, chacun le prenait pour un fou. Alors, si mon oncle avait tout simplement eu une vision, on n'avait nul besoin de jeter de l'huile sur le feu. Par ailleurs, si son extraterrestre existait vraiment, personne ne le croirait. Comment peut-on croire quelqu'un quand on est persuadé qu'il a une araignée au plafond ?

*　　*　　*

Tout cela demandait réflexion, et nous avons réfléchi. Quand je dis « nous », je parle surtout de Claudine, Charles et moi... sans oublier Nadine Brisson. Nous ne voulions pas trop mêler Philibert à nos idées. Je dois même avouer que Charles le regardait d'une façon suspecte. Lui, dans ses rêves, il ne voit toujours que de bons petits plats ou des pièces montées. Les extraterrestres, Charles y a toujours plus ou moins cru. Pour l'intéresser vraiment, il aurait fallu que le messager de Béribidéros dise à mon oncle de quoi se nourrissent les gens de sa planète. Il ne l'avait pas fait, alors Charles demeurait incrédule.

Claudine, elle, était emballée. Elle aurait voulu que l'on avertisse les environs. Il fallait la retenir.

— Ça m'étonne que les gens de Béribidéros soient aussi naïfs. Comment ont-ils pu croire que ton oncle était le roi de la planète ?

— Parce qu'ils n'ont pas les mêmes yeux que nous, lui ai-je répondu. Et puis, il y a des rois qui n'arrivent pas à la cheville de Philibert.

— Tu as parfaitement raison, a renchéri Charles. Je connais un roi du hot-dog qui ne vaut pas le tiers d'une saucisse.

Bon. Nous nous amusions bien, mais les idées géniales se faisaient rares. Jusqu'à un certain point, c'est Nadine Brisson qui a pondu la meilleure solution.

— Moi, nous a-t-elle dit, il y a une chose qui m'intrigue dans cette histoire.

C'est la langue. Je me demande comment des visiteurs venus du fin bout des galaxies — parce que, vous l'avez vu aussi bien que moi, la planète Béribidéros est absolument inconnue des plus grands savants — alors comment ces visiteurs font-ils pour s'exprimer en français ?

Elle avait raison, Nadine Brisson. Il fallait une interprète comme elle pour trouver une telle faille.

— Alors, a-t-elle poursuivi, je veux rencontrer l'extraterrestre en question. Ou bien c'est un imposteur, et nous le démasquons. Ou bien c'est un véritable extraterrestre, qui saura peut-être m'apprendre comment il peut instantanément traduire sa pensée en français. Pour les traducteurs et les interprètes, ce sera une véritable révolution.

Bon. C'était décidé ! Tous, nous voulions rencontrer cette espèce d'extraterrestre francophone. Et, s'il nous préparait une colère, nous pourrions toujours lui expliquer qu'il s'était sérieusement

mis le doigt dans l'œil en prenant
Philibert Dupont pour le roi du monde.
Philibert Dupont, c'était le plus ordi-
naire des hommes ordinaires. C'est tout.

*   *   *

À partir de ce jour-là, notre vie s'est
mise à ressembler à un vieux bas que
l'on retourne à l'envers. Non, aucun
d'entre nous ne marchait sur les mains.
Mais nous vivions la nuit et dormions
une bonne partie du jour. Tout cela
parce que nous voulions rencontrer ce
satané extraterrestre dont nous gar-
dions l'existence secrète.

Tous les soirs, Nadine Brisson et
moi, nous montions rejoindre Philibert
dans sa petite boîte là-haut. Parfois,
Claudine ou Charles nous accompagnait.
Mais ils ne trouvaient pas toujours les
arguments assez forts pour convaincre
leurs parents qu'ils devaient venir coucher chez moi. Quel que soit notre
nombre, nous nous sentions alors comme
des vraies sardines, recroquevillés

comme nous l'étions entre ciel et terre.

Évidemment, les voisins se posaient encore de sérieuses questions. Le père Breton, qui ne voulait décidément rien manquer, cognait des clous presque tout l'après-midi sur sa galerie arrière. Il était fatigué, le pauvre homme. C'était normal, il passait une bonne partie de la nuit à attendre que nous descendions. Quant à Mme Saint-Cyr, elle bâillait plus souvent qu'à son tour, les bigoudis à sa fenêtre pendant un grand bout de la nuit, elle aussi. Mais celui que nos

Madame
Saint-Cyr

veilles dérangeaient le plus, c'était Gilles Loiseau. Depuis le début de cette histoire, il déployait tous ses artifices pour faire la cour à Nadine Brisson, et que la jeune femme s'intéresse à l'exploit de mon oncle lui tapait royalement sur les nerfs. Malgré tout, elle avait toujours accepté ses invitations au restaurant. Et voilà que, pour une raison qu'il ignorait, le brave Loiseau voyait sa bien-aimée refuser ses offres sous prétexte qu'elle voulait dormir une partie de la soirée. Dès que le jour était tombé, comme tout le monde il avait remarqué qu'elle allait rejoindre Philibert avec moi, pour ne redescendre qu'au soleil levant. Vraiment, le pilote ne trouvait pas cette situation très drôle.

De notre côté, nous patientions en chuchotant un peu. Nous restions sur le qui-vive. Pour rien au monde nous n'aurions voulu manquer ce fameux extraterrestre volant.

Mais la patience a quand même des limites. Pendant une semaine, oui, une semaine complète, Nadine et moi avons rejoint Philibert. Et pendant une semaine, l'extraterrestre à réaction, l'extraterrestre que nous attendions, l'extraterrestre du diable ne s'est jamais montré la face. À son tour, Nadine Brisson commençait à regarder mon oncle de travers. Et moi... bien moi, j'étais assez fière de ne pas avoir répandu une nouvelle aussi farfelue. Vraiment les hauteurs ne convenaient absolument pas à Philibert Dupont. Et c'est avec un sourire malgré tout assez gentil que Nadine et moi avons décidé de reprendre des nuits normales.

— Je vous comprends, a dit Philibert avec une certaine tristesse dans la voix.

À l'intérieur de lui-même, il devait se dire : « Elles me prennent pour un fou. C'est normal. Et c'est tout ce que je mérite. »

*   *   *

Le père Breton, Mme Saint-Cyr,

Gilles Loiseau, en somme tous les voisins et curieux de l'aventure de mon oncle, ont dû soupirer d'aise quand nous avons repris notre vie normale. La vie nocturne, c'est bien beau, mais nous ne faisons pas encore partie de la famille des hiboux, des chouettes et des autres oiseaux de nuit. « La nuit, c'est fait pour dormir, avons-nous laissé entendre. » Mais tout cela n'était qu'une façade. Non, Nadine et moi, nous ne voulions pas dormir toute la nuit.

Pour quelqu'un qui, comme Nadine Brisson, doit continuellement traduire les paroles que des grands personnages prononcent dans leurs discours, les micros n'ont plus de secret. Entre vous et moi, je me demande aussi si Nadine Brisson n'a pas déjà fait un peu d'espionnage au cours de ses temps libres. Parce que c'est elle qui avait placé un micro aussi minuscule qu'une punaise dans la cabane de Philibert. Elle voulait savoir si mon oncle, en dormant, ne prononcerait pas certaines paroles.

Selon Nadine, il souffrait peut-être tout simplement d'une sorte de somnambulisme du cerveau, ce qui pouvait lui faire croire que des événements étaient vraiment arrivés, alors qu'il les avait carrément inventés dans un demi-sommeil.

Toujours est-il que nous avons fait mine de reprendre nos activités normales. Nous ne voulions pas que mon oncle se doute de quoi que ce soit. Ce jour-là, Philibert a laissé tomber plusieurs papiers portant son autographe vers les jeunes qui, grâce à la publicité de Claudine, étaient venus le visiter. Charles nous a cuisiné des homards thermidors qui n'étaient pas piqués des vers. Et Gilles Loiseau, heureux de reprendre sa cour de don Juan, a invité Nadine Brisson au restaurant. Dès leur retour, l'interprète s'est amenée discrètement à la maison, où Claudine, Charles et moi l'attendions. Notre plan était simple. À quatre, nous pourrions dormir un nombre d'heures convenable tout en nous relayant devant la table d'écoute pour suivre les faits et gestes de Philibert. Parlant de la table d'écoute dès dix heures du soir, elle diffusait déjà les ronflements de mon oncle qui avaient de quoi éloigner l'extraterrestre le plus brave.

À deux heures du matin, les ronflements se sont soudainement interrompus. Une série de coups sourds résonnaient dans le micro et faisaient vibrer la table d'écoute.

— Qui est là ? a demandé Philibert en se frottant les yeux.

— C'est moi, voyons ! a répondu l'extraterrestre d'une voix qui n'avait rien de diplomatique.

Et il a dû entrer au moment précis où Charles, qui était de garde, est venu nous réveiller. Moins de quinze secondes plus tard, nous étions tous les quatre devant l'appareil, et voici ce que nous avons entendu.

— Alors, majesté Philibert Dupont, qu'avez-vous décidé ? demandait la voix métallique du visiteur.

— Rien. Rien, a répondu un Philibert plus mort que vif. Je ne vous attendais plus.

— J'ai eu un certain contretemps sur Béribidéros.

— Eh bien, vous allez connaître un autre contretemps ici. Je vous l'avoue, je ne suis pas le roi de la Terre.

— Pourquoi m'avez-vous menti alors ? reprenait la voix avec un élan de fureur.

— Je ne vous ai jamais menti, lui a répliqué mon oncle. C'est vous qui ne m'avez jamais donné la chance de parler.

— Si vous n'êtes pas le roi de la Terre, qu'attendez-vous pour marcher sur le terrain des vaches comme tout le monde ? Pourquoi restez-vous perché comme le corbeau de la fable ? Pourquoi êtes-vous aussi prétentieux que dix-huit vieux singes ?

— Descendre ! Oui, je voudrais bien descendre et faire comme tout le monde, mais...

On sentait dans la voix de Philibert qu'il tremblotait comme une pauvre feuille d'automne.

— Mais quoi ?

— Mais j'ai peur, lui a avoué Philibert. J'ai toujours eu le vertige et...

La voix de l'extraterrestre a alors emprunté un ton qui ressemblait sérieusement à celui que le diable des légendes adoptait pour inviter un brave type à faire un mauvais coup.

— Écoutez-moi bien, Philibert Dupont. Je suis en colère, mais je veux vous prouver que, sur Béribidéros, nous ne sommes pas des mauvaises personnes. Mes réacteurs sont assez puissants pour nous transporter tous les deux. Puisque vous avez le vertige, accrochez-vous à moi, et je vous ferai toucher terre délicatement et en moins de dix secondes. C'est un service que je vais vous rendre. Ensuite, vous pourrez entrer tranquillement chez vous.

— C'est que... mon record, a bafouillé Philibert, mon record va être à l'eau.

— Quel record ?

À ce moment-là, comme si une mouche venait de la piquer, Nadine Brisson a bondi.

— J'ai déjà rencontré cet extraterrestre-là. Suivez-moi !

*   *   *

Il aurait fallu nous voir ! Nous avions l'air d'une caravane de somnambules qui, à deux heures du matin, font tout ce qu'ils peuvent pour se dépêcher sans faire de bruit. Claudine dans sa jaquette, Charles dans son pyjama, moi dans le t-shirt trop grand de Philibert et même Marius qui, le museau contre le sol, avançait sur la pointe des griffes... tous, nous suivions Nadine Brisson qui déjà grimpait dans le célèbre poteau de la cour. À la voir aussi agile, j'ai pensé pendant quelques secondes que Philibert aurait donc dû se mêler de ses petites affaires quand, au début de cette histoire, il avait voulu aider maladroitement la jeune femme. Claudine et

Charles sont restés avec Marius au pied du poteau. Moi j'ai suivi Nadine un peu moins rapidement, je l'avoue. Finalement, quand nous sommes entrées dans la cabane, l'extraterrestre tenait déjà Philibert à bras-le-corps.

— Ah ! ah ! s'est écriée Nadine. On arrive juste comme l'oiseau va s'envoler !

— Prenez garde, Nadine, l'a suppliée Philibert. Les gens de Béribidéros ont parfois bien mauvais caractère.

L'extraterrestre ne disait rien. Il restait là, raide, aussi figé qu'une des grandes statues de l'île de Pâques que l'on dit déposées là par d'autres extraterrestres. Celui-ci ne bougeait plus, ne disait rien. Mon oncle a même cru qu'il venait d'avoir le coup de foudre en apercevant Nadine Brisson. Alors il s'est mis à se débattre.

— Bon. Laissez-moi. Je commence à avoir des fourmis dans les jambes.

Nadine, pas plus impressionnée qu'il le fallait par cet être venu d'ailleurs, s'est mise en frais de lui tirer la peau des joues. Moi qui croyais qu'elle était en train de commettre une bévue monumentale, je me suis aperçue que le visiteur avait une figure parfaitement humaine et tout à fait connue. C'était la face de Gilles Loiseau. Il s'était masqué d'un bas de nylon foncé à la manière du plus banal des gangsters.

— Il me fatiguait avec son record de fou. J'en avais assez de voir tout le monde — et surtout vous, Nadine — s'intéresser à lui. Je souhaitais que ma première visite lui fasse assez peur pour qu'il descende. Mais je me trompais.

C'était un peu gênant de voir ce ricaneur au bord des larmes. Chose certaine, il avait bien réussi son déguisement, mais il avait maintenant l'air un peu ridicule dans son costume d'homme-grenouille à poil ras avec ses réacteurs dans le dos.

Finalement, Gilles Loiseau, peut-être dans l'espoir d'imiter Philibert et d'aller se cacher sous son lit le plus

rapidement possible, a décidé de prendre son envol. Ah ! c'était une chose
impressionnante que de le voir mettre
ses réacteurs à feu ! Gilles Loiseau avait
oublié que la toiture de la cabane était
refermée et il s'y est cogné la tête avec
beaucoup de fracas. Il méritait bien cette
bosse, au fond.

Numéro 4

Comment Philibert Dupont est finalement revenu sur terre au bout de cette aventure de fou.

Cette nuit-là, le brouhaha qui faisait vaciller la cabane de Philibert a finalement réveillé la plupart des voisins. Le père Breton, Mme Saint-Cyr et les autres plus discrets se sont donc pointés à leurs fenêtres. Le père Breton a même crié à Claudine, qui attendait toujours au pied du poteau :

— Dis donc, fifille, qu'est-ce qui se passe encore ?

Claudine a haussé les épaules. Au

fond, elle n'en savait pas plus long que les autres badauds. Et puis, Charles et elle ont été aussi surpris que tout le monde quand le toit de la cabane s'est enfin ouvert et qu'un personnage non identifié a pris son élan vers le ciel. Il avait l'air d'un gigantesque bouchon de bouteille de champagne qui sème des étincelles derrière lui.

— Philibert Dupont, qu'est-ce que vous manigancez encore ? a aboyé Mme Saint-Cyr entre les hurlements de Marius qui, lui non plus, ne comprenait rien au spectacle.

— En faisant sauter des pétards comme ça, vous empêchez le monde ordinaire de dormir, s'est empressé d'ajouter le père Breton.

Philibert s'est alors montré avec son plus beau sourire.

— C'est une sorte de feu d'artifice pour vous annoncer que, demain matin, je redescends. J'en ai assez de vivre entre ciel et terre. Voilà, c'est tout. Merci.

Au lieu d'applaudir, les gens sont retournés à leurs matelas en bougonnant. Et c'est certainement le père Breton qui a le mieux exprimé les sentiments de chacun.

— Vous n'êtes pas drôle, Philibert Dupont. Quand on met tout le voisinage sur un pied d'alerte, il ne faut pas le décevoir et finir un exploit en queue de poisson.

Ensuite, le bonhomme est rentré chez lui en claquant la porte. C'est alors que j'ai compris que les voisins, malgré leurs moqueries, avaient peut-être espéré qu'un des leurs, Philibert Dupont, ait son nom en noir sur blanc dans *Le Livre des records.* Ils seraient devenus des témoins, ils auraient pu dire qu'ils avaient participé, vu, vécu un grand moment. Maintenant, ils étaient déçus.

— Je n'étais quand même pas pour perdre deux années de ma vie pour faire plaisir aux voisins, nous a déclaré Philibert.

J'étais d'accord avec lui. Nadine

Brisson aussi. Nadine à qui j'ai demandé comment elle avait fait pour reconnaître la voix de Gilles Loiseau.

— C'est grâce à mes oreilles, Julie.

— Je m'en doutais un peu, lui ai-je répondu.

— Ce que je veux dire, c'est qu'à force d'écouter des voix pour traduire ce qu'elles racontent en français, on finit par reconnaître les prononciations particulières à certaines personnes. Tout à l'heure, en écoutant la conversation, j'ai eu la certitude qu'il s'agissait de Gilles Loiseau. De toute façon, ça ne pouvait pas être un extraterrestre.

À notre plus grand étonnement, elle a ajouté sans sourire :

— Tous les extraterrestres que je connais ont un langage beaucoup plus saccadé, qui n'a d'ailleurs rien à voir avec le français, le russe, le chinois ou l'anglais.

Et, croyez-le ou non, la brave Nadine Brisson a entrepris un brillant exposé sur le langage des extraterrestres.

Je n'en croyais pas mes oreilles. Philibert, comme je m'en doutais, n'attendait que le moment propice pour l'inviter à poursuivre cette « intéressante conversation » au restaurant, le lendemain soir.

Mon oncle planait décidément dans les étoiles et il n'avait même pas peur de tomber.

*   *   *

Le lendemain midi, avec sa grande échelle de pompier, Jacques Laflamme a donc aidé mon oncle à revenir sur terre. À part Claudine, Charles et moi, quelques enfants venus des terrains de jeux et quelques copains de Marius assez indifférents, les voisins ont boudé l'événement. Encore une fois, Philibert était vert comme une pomme sure. Toute cette histoire n'avait pas guéri son vertige, il ne ferait jamais partie de la grande confrérie des oiseaux.

Quelques jours plus tard, Louise est revenue de son Italie, heureuse du

Marius en pleine action...

film qu'elle avait tourné. On lui avait même proposé le rôle d'une espionne dans une autre histoire et elle en était excitée. Elle ne marchait pas, elle volait. Elle ne parlait pas, elle chantait. C'est même un peu prétentieusement qu'elle a dit à son frère :

— Pauvre Philibert ! Si ça continue, tu ne seras jamais le meilleur en rien, toi.

— Être le meilleur, ça ne m'intéresse pas, lui a répondu Philibert.

Depuis une bonne demi-heure, il somnolait devant la télévision. Ses chers Expos perdaient par le compte de cinq à un et ne gagneraient pas encore le championnat cette année. En bâillant, Philibert a ajouté :

— Ce qui m'intéresse, c'est d'être unique !

Il a bâillé encore avant d'éteindre la télé. Le match n'était même pas fini. Il voulait rejoindre Nadine Brisson à son travail.

Je ne sais pas combien de matchs de baseball Philibert Dupont a raté, cet été-là, mais je suis certaine qu'il n'en avait jamais vu si peu. Pour lui, c'était un vrai record.

Table

Boréal Junior

Boréal Inter

Typographie et mise en pages:
Édition•Typographie•Conseils, Montréal

Ce deuxième tirage a été achevé d'imprimer
en avril 1993
sur les presses de l'Imprimerie Gagné
à Louiseville, Québec